Junie B. Jones
L'affreuse coiffeuse

As-tu lu les autres livres de la collection Junie B. Jones de Barbara Park?

Amoureuse

Bavarde comme une pie

Capitaine d'équipe

Fermière pas ordinaire

Fouineuse-ratoureuse

Junie B. Jones adore les mariages

Junie B. Jones brise tout

Junie B. Jones et le gâteau hyper dégueu

Junie B. Jones et le valentin à froufrous

Junie B. Jones et son p'tit ouistiti

Junie B. Jones n'est pas une voleuse

L'affreuse coiffeuse

La fête de Jim-la-peste

Le monstre invisible

Pas folle de l'école

Poisson du jour

Premier diplôme

Junie B. en 1re année

Enfin!

Reine de la cafétéria

Tricheuse-copieuse

Vendeuse de dents

Aloha ha! ha!

Junie B. Jones fait le clown

On l'appelait Nez rouge
(Ah! Comme elle pue, Marion!)

Junie B. Jones
L'affreuse coiffeuse

Barbara Park
Illustrations de Denise Brunkus

Texte français d'Isabelle Allard

Éditions
■SCHOLASTIC

Catalogage avant publication de Bibliothèque et Archives Canada

Park, Barbara
L'affreuse coiffeuse / Barbara Park;
illustrations de Denise Brunkus;
texte français d'Isabelle Allard.

(Junie B. Jones)
Traduction de : Junie B. Jones is a beauty shop guy.
Pour enfants de 7 à 10 ans.
ISBN-13 978-0-545-99819-2
ISBN-10 0-545-99819-0

I. Brunkus, Denise II. Allard, Isabelle III. Titre.
IV. Collection : Park, Barbara. Junie B. Jones.

PZ23.P363Af 2007   j813'.54   C2007-900078-9

Édition publiée par les Éditions Scholastic,
604, rue King Ouest, Toronto (Ontario) M5V 1E1.

6 5 4 3 2   Imprimé au Canada   09 10 11 12 13

Table des matières

1/ Mon nouveau nom

Je m'appelle Junie B. Jones. Le B, c'est la première lettre de Béatrice. Je n'aime pas ce prénom-là, mais le B tout seul, j'aime bien ça!

Sauf que, vous savez quoi? Ce n'est même plus important! Parce que je vais changer mon nom pour un nom tout neuf, complètement *différent*!

Cette idée est venue dans ma tête quand je me suis réveillée ce matin!

C'est pour ça que j'ai bondi de mon lit. J'ai couru dans la cuisine pour le dire à maman et papa.

Ils étaient assis à la table.

— Hé, vous autres! Devinez quoi? Je vais changer mon nom pour un nouveau nom tout neuf. C'est le plus beau nom que j'aie jamais entendu!

Maman était en train de nourrir mon petit frère, qui s'appelle Ollie. Papa lisait le journal.

Ils ont fait comme si je n'étais pas là.

J'ai grimpé sur ma chaise et j'ai crié mon nouveau nom très, très fort.

— ROSIE GLADYS GUTZMAN! MON NOUVEAU NOM EST ROSIE GLADYS GUTZMAN!

Papa a levé les yeux et m'a regardée par-dessus son journal. *Maintenant*, il ne pouvait plus faire comme si je n'étais pas là.

— Pardon? a-t-il dit. Peux-tu répéter ça, s'il te plaît? Ton nouveau nom est Rosie Gladys quoi?

J'ai tapé des mains, toute contente.

— GUTZMAN! ai-je crié, très excitée. ROSIE GLADYS GUTZMAN! À PARTIR DE MAINTENANT, TOUT LE MONDE DOIT M'APPELER COMME ÇA, SINON JE NE RÉPONDRAI MÊME PAS! D'ACCORD, PAPA? D'ACCORD?

Je me suis serrée dans mes bras.

— Tu ne trouves pas que c'est le plus joli nom du monde? Parce que rose, c'est la plus belle couleur du monde! En plus, Gladys Gutzman, c'est la madame des collations à l'école. Et qui ne voudrait pas avoir son nom? J'aimerais bien le savoir, moi!

Papa a secoué la tête.

— Je ne sais pas. Ça ne me semble pas une très bonne idée, a-t-il dit.

J'ai froncé les sourcils.

— Pourquoi, papa? Pourquoi ça ne te

semble pas une bonne idée?

— Eh bien, d'abord, c'est beaucoup trop long, a-t-il répondu. Personne ne pourra se souvenir d'un nom aussi long.

J'ai tapoté mon menton.

— Hum, ai-je dit. Hum, hum, hum...

Tout à coup, mon visage est devenu très content.

— Hé, je sais! J'ai une idée!

J'ai couru dans ma chambre. J'ai pris du papier et je suis revenue en courant.

— Je vais porter une carte avec mon nouveau nom. Comme ça, les gens pourront le lire. Ils n'auront pas besoin de s'en souvenir!

J'ai donné le papier à maman.

— Écris-le! Écris mon nouveau nom sur le papier. Après, on pourra l'épingler sur mes vêtements!

Maman a froncé les sourcils en

regardant papa.

— Bravo, Einstein, c'est malin! a-t-elle marmonné.

Elle a écrit mon nouveau nom sur le papier et l'a épinglé sur mon pyjama.

J'ai dansé dans la pièce en chantonnant :

— ROSIE GLADYS GUTZMAN! MON NOM EST ROSIE GLADYS GUTZMAN!

Maman et papa n'ont rien dit. Ils ont juste continué de me regarder.

Finalement, papa s'est levé.

— Bon, je dois y aller, a-t-il dit. Je vais me faire couper les cheveux.

Maman a bondi de sa chaise. Elle a attrapé papa par sa chemise.

— Oh non! Tu ne peux pas! J'ai rendez-vous chez le médecin avec Ollie ce matin, tu te souviens? Si tu vas chez le coiffeur, tu dois emmener tu-sais-qui avec toi.

Je lui ai tapoté le bras.

— Gutzman, ai-je dit. Mon nom est Rosie Gladys Gutzman.

Papa a passé ses doigts dans ses cheveux. Il a poussé un gros soupir. Et il m'a dit de me dépêcher de m'habiller.

J'ai sauté très haut dans les airs.

— YOUPI! YOUPI! ROSIE GLADYS GUTZMAN VA CHEZ LE COIFFEUR AVEC SON PAPA. EN PLUS, ELLE ADORE ALLER LÀ-BAS!

Après, j'ai dansé en faisant des pirouettes dans la cuisine. Sauf que, tant pis pour moi... Parce que je me suis cognée par accident contre le *réfrigérateur*, la cuisinière et le lave-vaisselle.

Je suis tombée par terre. Ma tête a fait un gros *boum!*

Je l'ai tâtée doucement.

— Bonne nouvelle, ai-je dit. Elle n'est

pas cassée.

Après, je me suis relevée d'un bond.

Et j'ai couru m'habiller pour aller chez le coiffeur.

2/ Maxine

Papa et moi, on a roulé en voiture très longtemps.

Ce n'était pas amusant.

— Quand est-ce qu'on arrive? Pourquoi c'est si long? Est-ce qu'on est perdus? Hein, papa? Est-ce que tu nous as perdus?

Puis papa a tourné dans un stationnement.

— Hé, on est arrivés! On est arrivés! ai-je crié, tout excitée.

J'ai regardé par la fenêtre.

— Ouais, sauf qu'il y a un problème. Je ne reconnais pas cet endroit. Parce que ce n'est pas le même coiffeur que d'habitude.

Papa a défait ma ceinture.

— C'est un nouveau salon, a-t-il expliqué. Quelqu'un de mon travail me l'a recommandé. En fait, ce n'est pas un salon de coiffure, c'est plutôt un... eh bien, c'est un salon de beauté.

Mes yeux sont devenus tout grands.

— UN SALON DE BEAUTÉ? OH LÀ LÀ! J'ADORE LES SALONS DE BEAUTÉ. ENCORE PLUS QUE LES SALONS DE COIFFURE!

J'ai commencé à sauter.

— HÉ! TOUT LE MONDE! MON PAPA VA DANS UN SALON DE BEAUTÉ! MON PAPA VA DANS UN SALON DE BEAUTÉ!

— Chut, Junie B., je t'en prie! a dit papa. Tu *dois* rester tranquille dans ce salon. Je suis sérieux. Ne fais pas de folies.

J'ai lissé mon manteau bien comme il faut.

— Ouais, sauf que je ne sais pas de quoi tu parles, ai-je dit. Je n'ai jamais fait de folies de toute ma carrière.

Après, j'ai sautillé jusqu'à la porte du salon de beauté.

À l'intérieur, il y avait une madame derrière un comptoir. Elle avait des grosses lèvres rouges et brillantes.

— Votre nom, s'il vous plaît, a-t-elle dit.

— Robert Jones, a répondu papa.

Je me suis levée sur le bout des pieds.

— Ouais, mais il a aussi d'autres noms, ai-je dit à la madame. Parce que des gens l'appellent Bob. Et d'autres l'appellent Bobby. Et maman l'a appelé Einstein, ce matin.

La madame m'a regardée par-dessus le

comptoir.

— Et toi, comment t'appelles-tu?

J'ai vite enlevé mon manteau pour lui
montrer la carte avec mon nom.

— Rosie! ai-je dit. Je m'appelle Rosie
Gladys Gutzman. J'ai inventé ce joli nom

ce matin. C'est adorable, je trouve!

La madame m'a jeté un regard bizarre. Elle ne m'a pas posé d'autres questions.

Bientôt, une autre madame est arrivée. Elle a serré la main de mon père.

— Bonjour, je suis Maxine. C'est moi qui vais vous couper les cheveux aujourd'hui, a-t-elle dit très gentiment.

Mes yeux sont sortis de ma tête en voyant cette madame! Parce qu'elle portait un carton avec son nom, comme moi!

— MAXINE! HÉ, MAXINE! REGARDE! MOI AUSSI, J'AI MON NOM SUR UN CARTON!

Maxine m'a *éroubiffé* les cheveux.

— Rosie Gladys Gutzman, hein? Eh bien, Rosie Gladys Gutzman, puisque tu as déjà un porte-nom, je suppose que tu pourrais être mon assistante, aujourd'hui.

— OUI! ai-je crié. PARCE QUE JE

SAIS DÉJÀ COMMENT ÊTRE UNE ASSISTANTE! DES FOIS, J'AIDE MON PAPI MILLER À RÉPARER DES CHOSES. LA SEMAINE DERNIÈRE, ON A RÉPARÉ LA TOILETTE DU DEUXIÈME ÉTAGE! J'AI MÊME TOUCHÉ À LA GROSSE BOULE QUI FLOTTE!

Maxine a éclaté de rire.

— Eh bien, une assistante qui a de l'expérience en plomberie! Ce doit être mon jour de chance! a-t-elle dit.

Après, elle m'a prise par la main. Elle et moi, on a emmené papa au lavabo.

Maxine a lavé les cheveux de papa. Elle m'a laissée tenir la serviette pelucheuse. Je l'ai serrée bien fort dans mes bras.

— Regarde, Maxine! Je tiens la serviette! Tu vois comme je fais bien ça? Je ne la laisse même pas toucher le plancher!

Sauf que, tant pis pour moi. Parce que,

juste à ce moment-là, mon nez a été chatouillé par des peluches de serviette. Et j'ai commencé à éternuer.

— AAAA... ATCHOUM!

J'ai éternué dans la serviette. Elle était douce comme de la soie.

C'est pour ça que j'ai essuyé mon nez chatouilleux sur ce tissu tout doux. Et je me suis mouchée un petit peu.

Maxine a fait une grimace.

— Ouais, sauf que tu n'as pas besoin de t'inquiéter, ai-je dit. Parce que je ne suis même pas contagieuse.

Je lui ai donné la serviette pour sécher les cheveux de papa, mais Maxine a dit :

— Non, merci.

Elle a séché les cheveux de papa avec une autre serviette pelucheuse.

Après, on est allés à une chaise tournante géante.

— J'ADORE CETTE SORTE DE
CHAISE! ai-je dit, tout excitée.

J'ai grimpé sur la chaise à toute vitesse.

— FAITES-MOI TOURNER! FAITES-
MOI TOURNER! ai-je crié.

Papa s'est penché près de mon oreille. Il
n'avait pas l'air content.

— *Dessssscends*, a-t-il chuchoté d'un
ton qui faisait peur.

Je suis descendue.

Maxine a tapoté ma tête.

Elle m'a donné un balai.

Il était gros et très large.

— Tiens, ma petite assistante. Tu peux
balayer les cheveux de ton papa pendant
que je les coupe.

— Oui, ai-je dit. Parce que je suis très
douée pour balayer, je pense!

J'ai tenu le balai très serré dans mes
mains. Et j'ai couru d'un côté et de l'autre

sur le plancher.

— Regarde, Maxine! Regarde-moi balayer! Tu vois? Tu vois comme je vais vite?

Sauf que, tant pis pour moi.

Parce que, juste à ce moment-là, une madame ne s'est pas écartée de mon chemin. Elle a marché juste devant mon gros balai.

Et je lui ai balayé les pieds.

— AÏE! a-t-elle crié. AÏE!

Papa est arrivé en courant et m'a enlevé le balai. Je n'étais plus une assistante, on dirait.

Il a donné beaucoup de dollars à Maxine. Il m'a prise par la main et m'a fait sortir super vite du salon.

3/ Il faut s'exercer

Papa m'a ramenée à la maison.

Je n'arrêtais pas de respirer l'air dans la voiture.

— Tu sens comme une belle madame, ai-je dit.

Papa n'était pas de bonne humeur.

— C'est à cause du gel qu'elle a mis dans mes cheveux, a-t-il grommelé.

J'ai encore reniflé.

— Hum! j'adore ce gel parfumé, ai-je dit. En plus, j'adore balayer et tenir les serviettes. Alors, peut-être que je vais devenir coiffeuse quand je serai grande.

— Merveilleux, a dit papa.

— Je sais que c'est merveilleux! ai-je
ajouté. Et aussi, il y a une autre chose
merveilleuse. J'ai déjà un porte-nom, une
serviette, un balai, et même des ciseaux!
Comme ça, je suis déjà prête à être
coiffeuse!

Tout à coup, papa a arrêté la voiture
près du trottoir.

— Non, Junie B. Non! Tu n'es *pas*
prête. Tu ne peux pas juste prendre des
ciseaux et commencer à couper des
cheveux. Tu comprends? Travailler dans
un salon de coiffure demande des années
et des années de formation.

— Ouais, sauf que je le savais déjà, ai-
je dit. Je le sais que ça prend des années et
des années de formation.

— Des années, et des années, et des
années, a répété papa.

J'ai poussé un gros soupir.

— Je le sais déjà, je t'ai dit!

Après, j'ai appuyé mon dos sur mon siège. Et j'ai pensé aux années et aux années de formation. J'ai encore soupiré.

Je me suis dit qu'il faudrait que je commence bien vite à m'excercer.

Papa a garé la voiture dans notre allée.

Je me suis dépêchée d'entrer dans la maison.

— JE SUIS REVENUE! ai-je crié. JE SUIS REVENUE DU SALON DE BEAUTÉ!

Maman est sortie de la chambre d'Ollie en courant.

— Chut! a-t-elle dit. Je viens juste de mettre ton frère au lit pour sa sieste.

Je suis restée une minute sans bouger. Parce qu'elle venait de me donner une petite idée.

J'ai fait semblant de bâiller.

— Hum. Je pense que j'ai besoin de faire une sieste, moi aussi, ai-je dit. Parce que ce salon de beauté m'a vraiment fatiguée.

Je me suis dirigée vers ma chambre.

— Bon, eh bien, bonne nuit! Fais de beaux rêves! ai-je dit à maman.

Elle m'a suivie. Elle avait un air soupçonneux.

Soupçonneux, c'est un mot que les adultes utilisent pour dire qu'ils pensent *que tu racontes des mensonges.*

— Holà! attends une seconde, a dit maman. Je pensais que tu détestais faire la sieste.

— C'est vrai, ai-je répondu. Je déteste les siestes. Mais aujourd'hui, j'ai travaillé au salon de beauté. Et c'était pas mal fatigant!

J'ai fermé ma porte. Je me suis couchée

sous les couvertures.

Maman est entrée dans ma chambre.

J'ai fait semblant de ronfler.

J'ai attendu et attendu jusqu'à ce qu'elle referme la porte.

Je suis restée dans mon lit longtemps, pour être sûre qu'il n'y avait plus de danger.

Finalement, je me suis levée et j'ai marché jusqu'à mon bureau sur la pointe des pieds.

J'ai ouvert le premier tiroir sans faire de bruit.

J'ai tâté avec mes mains dans le tiroir.

Tout à coup, mon cœur s'est mis à battre très vite.

Parce que mes mains venaient de sentir la chose que je cherchais.

Et cette chose, c'était mes ciseaux brillants préférés!

4/ Coupe, coupe, coupe

J'ai ouvert et refermé mes ciseaux brillants plusieurs fois très vite.

— Maintenant, je peux commencer mes années de formation, ai-je chuchoté, toute contente.

J'ai sautillé jusqu'à mon lit, où j'avais installé mes animaux en peluche. Parce que j'avais besoin de volontaires, bien sûr!

— Qui veut être le premier? ai-je demandé à mes animaux. Qui veut se faire couper la fourrure dans mon salon de beauté?

Mon éléphant préféré, qui s'appelle Philip Johnny Bob, a levé la patte.

Moi! Moi! a-t-il dit.

Je l'ai serré très fort dans mes bras.
Parce que cet éléphant est toujours gentil,
c'est pour ça.

Je l'ai assis sur ma chaise de coiffeuse.
J'ai mis plein de coussins pour qu'il soit
plus haut.

Après, j'ai examiné sa fourrure.

— Ouais, sauf qu'il y a un problème, ai-je dit. Ta fourrure est en velours gris tout doux. Et ce velours est court et lisse. Alors, je ne peux pas le couper.

Philip Johnny Bob a poussé un soupir triste.

J'ai tapoté sa tête et l'ai remis sur le lit.

Tout à coup, j'ai marché sur quelque chose par accident.

J'ai regardé par terre.

Devinez quoi? C'était mes pantoufles qui ressemblent à des lapins!

Nous! Nous! Coupe notre fourrure! criaient-elles d'une petite voix.

— Bonne idée! Parce que votre fourrure blanche est très belle et très longue! Ce serait parfait, je pense!

Je les ai ramassées et les ai placées sur ma chaise de coiffeuse.

Puis j'ai sautillé autour de la chaise. Et j'ai coupé leur longue fourrure blanche en chantant une jolie chanson. Ça s'appelait « Coupe, coupe, coupe la fourrure blanche ».

Je ne m'étais jamais autant amusée.

Quand la coupe a été finie, j'ai placé les pantoufles devant le miroir pour qu'elles puissent s'admirer.

Elles n'ont pas souri.

On est chauves, ont-elles dit tout bas.

J'ai poussé un gros soupir.

— Ouais, sauf que je le sais déjà que vous êtes chauves. Mais ce n'est pas ma faute. C'est parce que vous n'avez pas arrêté de gigoter pendant que je coupais votre fourrure.

J'ai tapoté gentiment leur tête.

— Ne vous inquiétez pas, ai-je chuchoté. Parce que la fourrure de lapin, ça repousse probablement. J'en suis presque certaine.

Je les ai serrées très doucement contre moi. Puis je les ai lancées sous mon lit.

Parce que je ne voulais pas que maman et papa les voient.

Après, je me suis couchée en soupirant.

Ce travail allait demander plus de formation que je pensais.

5/ Nounours et Tickle

La fourrure de mes pantoufles n'a pas repoussé. Je les ai observées toute la fin de semaine. La fourrure ne repoussait pas. Même pas un tout petit peu.

Le lundi, à l'école, je n'avais pas envie de jouer pendant la récréation.

Ma *plus meilleure* amie, Grace, a mis son bras autour de mes épaules.

— Qu'est-ce que tu as, Junie B.? Pourquoi tu ne veux pas jouer?

J'ai baissé la tête pour montrer que j'étais triste.

— Parce que la fourrure de lapin, ça ne repousse pas, ai-je dit. Je ne le savais pas.

Alors, maintenant, je ne peux pas être coiffeuse quand je serai grande. Et c'était mon plus grand rêve.

Les yeux de Grace se sont agrandis.

— Hé, moi aussi! a-t-elle dit. Devenir coiffeuse, c'est mon plus grand rêve! Ma tante Lola a un salon de beauté. Elle m'a dit que je pourrais être shampouineuse!

Mon autre meilleure amie, qui s'appelle Lucille, est arrivée en faisant bouffer ses cheveux bouffants.

— Moi, quand je serai grande, je vais être une *cliente*, a-t-elle dit. Une cliente, c'est une personne qui va au salon de beauté dépenser une petite fortune.

Elle a sorti une brosse de son sac à main. Elle a commencé à se brosser les cheveux.

— Vous avez vu comme mes cheveux sont brillants? Ils sont doux et soyeux.

Doux, soyeux et revitalisés.

Elle les a secoués.

— Les cheveux d'une femme sont son plus bel atout, a-t-elle dit. Vous voulez les toucher? Hein? Vous voulez?

Elle les a encore secoués.

— Tu m'énerves, ai-je dit.

Grace a tapé des mains très fort.

— Junie B.! Je viens de penser à quelque chose! Peut-être que ma tante Lola va te laisser être shampouineuse, toi aussi! On pourrait être shampouineuses ensemble!

J'en ai eu le souffle coupé.

— C'est vrai, Grace? Penses-tu qu'elle voudrait?

J'ai serré Grace très fort dans mes bras. Parce que vous savez quoi?

Mon plus grand rêve était revenu!

Quand je suis revenue de l'école, je me suis dépêchée d'aller dans ma chambre.

J'ai pris mon nounours sur mon lit. J'ai couru à la salle de bains.

Ma mamie Helen Miller m'a crié bonjour. Elle était dans la chambre de mon petit frère Ollie.

— BONJOUR, MAMIE! ai-je crié, moi

aussi. SAUF QUE VOICI UN MESSAGE TRÈS IMPORTANT : JE VAIS FERMER LA PORTE DE LA SALLE DE BAINS. C'EST PARCE QUE J'AI BESOIN D'INTIMITÉ, MOI, MADAME!

J'ai verrouillé la porte sans bruit. J'ai rempli le lavabo d'eau.

Après, j'ai plongé mon nounours dans l'eau. Puis je lui ai fait un shampoing en chantant une jolie chanson. Ça s'appelait « Lave, lave, lave, la fourrure de nounours ».

Sauf que, tant pis pour moi. Parce que la tête de nounours est devenue toute mouillée. Elle était si lourde qu'il ne pouvait plus la tenir droite. Elle retombait toujours.

J'ai mis nounours debout dans le lavabo. Il était comme une grosse éponge pleine d'eau.

J'avais un peu mal au ventre, tout à coup.

Je l'ai enveloppé dans une serviette et je l'ai ramené dans ma chambre.

J'ai tapoté sa tête mouillée gentiment. Puis je l'ai lancé sous le lit avec mes pantoufles.

J'ai baissé la tête. J'étais déprimée.

— Zut! ai-je dit. Je ne suis même pas une bonne shampouineuse. Alors, je ne pourrai pas travailler au salon de tante Lola avec Grace, probablement.

Tout à coup, mon chien Tickle a gratté à ma porte.

— Va-t'en, Tickle! ai-je dit. Je n'ai pas envie de jouer.

Mais il a continué de gratter.

J'ai ouvert la porte un petit peu.

— Je t'ai dit de t'en aller. Tu ne comprends pas quand *on te parle*?

Sauf que, tant pis pour moi. Parce que Tickle a fait un bond. Il a poussé la porte et est entré.

Il s'est mis à courir en rond dans ma chambre.

Finalement, étourdi et fatigué, il s'est affalé sur le tapis.

Je l'ai regardé de plus près.

— Hum, ai-je dit. Ta fourrure est tout emmêlée. Je n'avais jamais remarqué ça avant.

J'ai tapoté mon menton.

— Peut-être que tu devrais venir à mon salon de beauté pour une coupe de fourrure. Parce que j'ai eu un peu de formation, maintenant. Alors, je serai meilleure, cette fois-ci.

J'ai *fléréchi* encore un peu.

— Ouais! Il y a une autre bonne raison. La fourrure de chien, ça repousse, hein, Tickle? Alors, qu'est-ce qu'on a à perdre? Je voudrais bien le savoir, moi!

Je suis allée chercher mes ciseaux brillants sur mon bureau.

Je suis revenue près de Tickle. Je l'ai serré dans mes bras.

Et j'ai coupé sa fourrure tout emmêlée.

6/ Coupe vadrouille

La coupe de Tickle n'avait pas l'air si professionnelle que ça, finalement.

Sa fourrure faisait des touffes, genre vadrouille. En plus, sa queue ressemblait à un petit moignon tout pelé.

J'ai essayé de le pousser sous mon lit. Mais il ne voulait pas.

— Ouais, sauf que tu *dois* y aller, Tickle. Sinon, maman et papa vont te voir. Et je vais avoir des ennuis.

Tout à coup, j'ai entendu des pas dans le couloir.

Oh, non!

C'était maman! Elle était revenue de
son travail!

J'ai tourné en rond, tout énervée.

— Vite, Tickle! Cache-toi! ai-je dit.

C'est alors que j'ai vu mon chandail
rose pelucheux.

Je l'ai sorti du placard et l'ai lancé sur
Tickle!

J'ai aussi pris ma casquette avec les cornes de diable et je l'ai mise sur sa tête.

Maman a ouvert ma porte.

J'ai reculé en la voyant.

— Euh... bonjour! ai-je dit d'une voix nerveuse. Comment vas-tu aujourd'hui? Moi, ça va. Tickle va bien, lui aussi.

J'ai avalé ma salive.

— Il porte des vêtements, on dirait, ai-je ajouté.

Maman s'est approchée lentement de Tickle. Elle a enlevé le chapeau.

C'est pour ça que je suis sortie de ma chambre en courant. J'ai couru dans le couloir. Et je suis sortie dans le jardin.

Parce que je ne voulais pas être là quand elle allait enlever le chandail!

Maman m'a poursuivie tout autour du jardin. Elle est plus rapide qu'elle en a l'air.

Elle m'a attrapée par le bras et m'a ramenée dans la maison.

Elle m'a fait asseoir sur une chaise. Elle m'a dit qu'elle allait me *passer un savon*. *Passer un savon*, ça veut dire chicaner quelqu'un.

À ce moment-là, mon papa est revenu

de son travail.

Maman la rapporteuse lui a tout raconté.

Après, ils m'ont fait un sermon.

Ça disait : *Quelle mouche t'a piquée? Tu ne penses donc jamais avant d'agir? Est-ce qu'il va falloir te surveiller sans arrêt?*

Quand elle a arrêté de me chicaner, maman m'a emmenée dans ma chambre. Elle m'a enlevé mes ciseaux pour toujours.

Et ce n'est pas ça, le pire.

Après le souper, j'ai pris un bain et j'ai dû me coucher tout de suite après.

Maman m'a embrassée sur la joue.

Mais ce n'était pas sincère.

— Ouais, sauf que je ne suis même pas fatiguée, ai-je dit. Alors, peut-être que je pourrais regarder la télévision.

Maman a secoué la tête.

— Non, pas de télé, a-t-elle dit. Si tu n'es pas fatiguée, tu peux rester couchée et penser à ce que tu as fait aujourd'hui.

Elle a fermé ma porte et elle est partie.

J'ai poussé un gros soupir.

— Ouais, sauf que je n'ai *même* pas besoin de penser à ce que j'ai fait aujourd'hui. Parce que j'y ai *déjà* pensé, ai-je chuchoté pour moi toute seule.

Puis j'ai fait un petit sourire.

Et vous savez quoi? Je pense que je commence à faire des progrès.

7/ Les cheveux de chien

Le lendemain, j'étais redevenue de bonne humeur.

Parce que j'avais trouvé le problème de Tickle.

Tickle a des cheveux de chien! Et les cheveux de chien, c'est bien plus difficile à couper que les cheveux d'humain! Parce que les cheveux d'humain sont moins rebelles.

J'ai couru vers le miroir pour regarder mes cheveux d'humain.

— Je parie que je pourrais très bien couper cette sorte de cheveux, ai-je dit.

Juste à ce moment-là, j'ai entendu la

porte de la maison s'ouvrir.

C'était mon papi Frank Miller! Il était venu me garder avant l'école.

J'ai couru lui donner un bisou.

Puis je suis retournée dans ma chambre. J'ai crié dans le couloir :

— NE VIENS PAS DANS MA CHAMBRE, D'ACCORD PAPI? PARCE QUE JE VEUX M'HABILLER TOUTE SEULE AUJOURD'HUI! JE N'AI MÊME PAS BESOIN D'AIDE!

J'ai fermé ma porte comme il faut. Je suis allée à mon bureau.

Vous savez pourquoi? Pour prendre mon autre paire de ciseaux!

Ils étaient dans mon tiroir du milieu.

Je les ai ouverts et refermés plusieurs fois très vite.

J'ai gambadé jusqu'à ma commode.

Et j'ai peigné ma frange pour qu'elle

soit bien lisse.

Après, j'ai coupé le bout!

Je me suis regardée, un peu nerveuse.

Et vous savez quoi? Je n'étais même pas affreuse.

J'ai souri, toute contente.

— Je *savais* que je pouvais le faire! Je le savais! Il fallait juste que je m'exerce un peu!

J'ai coupé encore un bout de frange. Puis j'ai coupé sur les côtés. Sur le dessus. Et en arrière.

Après, je me suis regardée dans le miroir.

J'ai froncé un peu les sourcils.

— Hum. Ma frange est un peu croche, ai-je dit.

C'est pour ça que j'ai essayé de la mettre droite.

Sauf qu'elle était encore plus croche.

Finalement, j'ai commencé à être fustrée. Et j'ai coupé une grosse mèche d'un coup.

— Tiens! Voilà! ai-je dit.

J'ai mis mes ciseaux sur la commode et je me suis regardée.

J'ai fait un « oh! ». Mes cheveux dépassaient de tous les côtés.

— Oh non! On dirait des *brindilles*! ai-je dit.

C'est pour ça que j'ai commencé à pleurer. Parce que les brindilles sont comme des petites branches très courtes. Et elles ne sont pas jolies, vous pouvez me croire.

Tout à coup, quelqu'un a frappé à ma porte.

— Junie B.? Ça va? a demandé mon papi. Est-ce que je peux entrer?

— NON, TU NE PEUX PAS! JE SUIS

EN TRAIN DE M'HABILLER. ALORS, S'IL TE PLAÎT, RETOURNE D'OÙ TU VIENS!

Papi Miller a éclaté de rire.

— D'accord, d'accord, a-t-il dit. Je vais aller te préparer un sandwich. Mais tu ferais mieux de te dépêcher. Comme je dois faire des courses, je vais te conduire à l'école aujourd'hui.

Il est retourné dans la cuisine.

Je me suis assise sur mon lit, très déprimée.

Parce que ces brindilles, c'était le *plus pire* problème que j'aie jamais eu.

8/ La journée des chapeaux

Je ne savais pas quoi faire.

Comment aller à l'école comme ça?
Tout le monde allait voir mes brindilles et
rire de moi!

C'est pour ça que je ne pouvais pas
arrêter de pleurer.

Tout à coup, il est arrivé un miracle. Ça
s'appelait *J'ai vu ma casquette à cornes.*

Elle était sur ma commode, là où
maman l'avait posée. Ça m'a donné une
bonne idée!

Je l'ai mise sur ma tête. Et vous savez
quoi? Elle cachait mes brindilles!

— Si je la porte pour aller à l'école,

personne ne verra mes cheveux, ai-je dit, soulagée.

Puis j'ai froncé les sourcils.

— Ouais, sauf que si je joue dans la cour et que quelqu'un enlève ma casquette à cornes de ma tête? Tout le monde va voir mes cheveux et rire de moi.

J'ai *fléréchi*.

— Hum... Peut-être que je pourrais mettre deux chapeaux. Comme ça, si quelqu'un en enlève un, il en restera un autre.

J'ai pris mon bonnet de douche qui était sur ma chaise. Je l'ai mis sous la casquette.

— Ouais, sauf que si je joue dans la cour et que quelqu'un enlève ma casquette à cornes et mon bonnet de douche? Tout le monde va voir mes cheveux et rire de moi.

J'ai tapoté mon menton.

— *Trois* chapeaux! ai-je dit. Je vais porter trois chapeaux pour aller à l'école. Parce que ça va me donner encore plus de protection.

J'ai ouvert mon tiroir du bas et j'ai sorti ma cagoule de ski. Parce que les cagoules, ça cache tout, tout, tout!

J'ai enfilé la cagoule. Après, j'ai mis mon bonnet de douche, puis la casquette à cornes.

Je me suis regardée dans le miroir.

— Maintenant, personne ne peut rien voir! Même pas mon nez!

Je me suis habillée. Et j'ai gambadé, toute contente, jusque dans la cuisine.

Papi Miller m'a regardée avec des grands yeux.

— Holà! tu ne peux pas aller à l'école comme ça!

C'est pour ça que j'ai été obligée de lui raconter un petit mensonge.

— Ouais, parce que, aujourd'hui, c'est la journée des drôles de chapeaux. Mon enseignante a dit qu'on pouvait mettre autant de chapeaux qu'on voulait.

Papi s'est gratté la tête.

Il m'a regardée manger mon sandwich à travers le trou pour la bouche.

Puis il m'a amenée à l'école.

J'ai gambadé jusqu'à la classe numéro neuf.

Je me suis assise à mon pupitre, à côté de Lucille.

— Bonjour, ai-je dit. C'est moi. C'est Junie B. Jones. As-tu vu, Lucille? Je porte une jolie collection de chapeaux.

Juste à ce moment-là, un méchant garçon appelé Jim m'a montrée du doigt.

— HÉ, REGARDEZ, TOUT LE MONDE! C'EST LUBIE B. JONES! ELLE A DES CORNES SUR LA TÊTE!

Il a traversé la classe en courant. Il a enlevé la casquette à cornes de ma tête!

Tous les élèves de la classe riaient.

C'est parce qu'ils voyaient mon bonnet de douche, c'est pour ça.

Sauf que, tant mieux pour moi, à ce moment-là, mon enseignante est entrée dans la classe. Elle a pris la situation en main.

Elle s'appelle Madame. Elle a un autre nom, mais j'aime bien dire Madame tout court.

Madame a repris mon chapeau à Jim-la-peste et me l'a redonné.

Puis elle a chicané les autres enfants. Ensuite, elle m'a amenée dans le couloir.

Elle s'est penchée vers moi.

— Bon, Junie B. Qu'est-ce qui se passe? a-t-elle demandé.

Je me suis balancée sur mes pieds. Parce que je ne voulais pas lui dire ce qui se passait.

— Ouais, sauf que je ne sais pas de quoi vous voulez parler, ai-je dit tout bas.

— Les *chapeaux*, Junie B. C'est quoi, cette histoire de chapeaux?

J'ai poussé un gros soupir. Puis je lui ai raconté cette histoire :

L'histoire des chapeaux
par
Junie B. Jones

— Il était une fois une petite fille qui s'appelait Rosie Gladys Gutzman. Elle s'exerçait pour devenir coiffeuse dans un salon de beauté. Sauf que, tant pis pour elle. Parce que sa stupide de frange n'arrêtait pas d'être de plus en plus croche. Elle a été obligée de la couper complètement. Et maintenant, elle aimerait mieux ne plus s'appeler Rosie. C'est tout ce que j'ai envie de raconter pour le moment.

J'ai respiré très fort.

— La fin.

Madame a mis ses mains sur mes épaules.

— Junie B., es-tu en train de me dire que tu as coupé ta frange? C'est ça?

Je ne lui ai pas répondu.

Tout à coup, elle a enlevé ma cagoule.
Je ne savais même pas qu'elle allait faire
ça!

— Non! ai-je crié.

Sauf qu'il était trop tard. Madame a vu
mes cheveux.

Elle m'a serrée dans ses bras.

— Oh, Junie B.! Qu'est-ce qui est arrivé?

J'ai recommencé à pleurer.

— Des brindilles, ai-je dit. C'est ça qui est arrivé.

Madame m'a donné des mouchoirs.

On est restées assises par terre.

Et on a *fléréchi* à ce qu'on allait faire.

9/ Une bonne leçon

Finalement, Madame a remis ma casquette de diable sur ma tête.

— Tiens, a-t-elle dit. C'est le seul chapeau que tu auras besoin de porter aujourd'hui. Je te le promets.

Après, on est revenues dans la classe numéro neuf. Et Madame a raconté un tout petit mensonge.

— Les enfants, écoutez-moi, s'il vous plaît. Junie B. commence à avoir un rhume, alors je vais la laisser porter son chapeau en classe aujourd'hui.

Elle a regardé Jim-la-peste.

— Elle va le porter toute la journée,

Jim, a-t-elle ajouté. Et personne ne va y toucher. Compris? *Personne!*

Je me suis levée d'un bond.

— Ouais, Jim! ai-je dit. Tu ne peux même pas y toucher avec ton petit doigt! C'est vrai, hein, Madame? Hein?

— Oui, a dit Madame.

— Même pas à la récréation, hein, Madame?

— Oui, Junie B., a dit Madame en aspirant ses deux joues.

— Et même pas quand j'irai boire de l'eau. Ou quand je vais me pencher pour attacher mon soulier. Ou quand je vais marcher pour aller tailler mon crayon. Ou quand je serai assise sur ma chaise. Ou quand je vais écrire dans mon cahier. Ou quand je vais réciter l'alphabet. Ou quand je...

— Ça va, ça va, Junie B. On a compris, a dit Madame.

J'ai lissé ma robe.

— D'accord, ai-je dit d'une voix gentille.

Après, je suis restée assise sur ma chaise.

J'ai écrit dans mon cahier.

J'ai joué à la récréation.

Je suis allée boire de l'eau.

Et personne n'a touché à mon chapeau.

Papa est venu me chercher après l'école.

J'étais surprise de le voir.

— Papa! Papa! Je ne savais pas que tu venais me chercher aujourd'hui! Alors, cette journée est beaucoup *moins pire* que je pensais!

Papa a regardé ma casquette.

J'ai eu un peu mal au ventre, tout à
coup.

Papa a enlevé la casquette. Puis il a
fermé les yeux.

— Super, a-t-il dit.

Il m'a prise dans ses bras et m'a

transportée jusqu'à la voiture.

Je lui ai tapoté le bras.

— Voulais-tu vraiment dire que tu
trouves ça super? Ou bien tu disais ça
pour rire? ai-je demandé, un peu nerveuse.

Papa n'a pas répondu.

Il a juste attaché ma ceinture dans la
voiture.

Et on est partis.

On a roulé très longtemps.

Puis il a tourné dans un stationnement.

J'ai regardé par la fenêtre.

— Papa! Hé! c'est le salon de beauté!
Le salon de beauté de Maxine!

Papa m'a amenée dans le salon.

Et vous savez quoi?

Maxine m'attendait!

Elle m'a souri.

— Hum, a-t-elle dit. On dirait que
quelqu'un s'est fait une petite coupe!

J'étais gênée.

— Ma frange est un peu croche, ai-je dit tout bas. Je suis une affreuse coiffeuse.

Maxine a *éroubiffé* mes cheveux.

Elle m'a assise dans la chaise tournante géante. Elle a arrosé mes cheveux avec de l'eau.

Après, elle a coupé, coupé, coupé.

Puis elle a mis du gel parfumé dans mes cheveux. Et elle les a séchés avec un sèche-cheveux.

Je me suis regardée dans le grand miroir.

— Ça alors! Plus de brindilles! ai-je dit, toute contente. Comment tu as fait ça, Maxine? Hein, comment?

Maxine a fait un clin d'œil à papa.

— Je me suis exercée pendant des années, a-t-elle répondu.

Papa s'est penché près de mon visage.

— Des années, et des années, et des *années*, a-t-il ajouté.

Après, il m'a soulevée de la chaise.

Il a encore donné beaucoup de dollars à Maxine.

Et on est revenus à la maison.

Quand on est arrivés, papa est venu dans ma chambre avec moi.

Il a pris mes ciseaux sur mon bureau et les a mis dans sa poche.

— Excuse-moi, papa. Je n'aurais pas dû couper mes cheveux, ai-je dit.

Il a poussé un soupir.

— J'espère seulement que ça te donnera une bonne leçon, Junie B., a-t-il dit.

— Oui, papa. J'ai appris une bonne leçon. Je te le promets.

Papa m'a embrassée sur la tête.

Parce qu'il m'aime encore, c'est pour

ça.

Quand il est sorti, j'ai regardé mes cheveux dans le miroir.

C'était la plus belle coupe de cheveux que j'aie jamais vue!

Tout à coup, mon visage s'est éclairé.

— Hé! c'est moi qui ai commencé cette coupe de cheveux! Alors, je ne suis peut-être pas une aussi affreuse coiffeuse que ça!

J'ai tapoté mon menton.

— Ouais, mais qu'est-ce qui va arriver quand je vais grandir et que j'aurai besoin de m'exercer un peu? Qu'est-ce que je vais utiliser pour couper?

J'ai regardé mon bureau.

J'ai marché sur la pointe des pieds, sans faire de bruit.

J'ai ouvert le tiroir du bas.

J'ai tâté avec mes mains.

Tout à coup, j'ai eu un petit sourire.
Parce que vous savez quoi?
J'avais trouvé ma troisième paire de ciseaux...

Mot de Barbara Park

Quand j'étais enfant, une visite au salon de beauté me semblait presque magique. J'adorais les rangées de lavabos et les miroirs scintillants. Mais ce que j'adorais par-dessus tout, c'était la chaise tournante géante où je m'assoyais sans bouger, pendant que la coiffeuse coupait mes cheveux. De quoi aurais-je l'air cette fois-ci? Est-ce que mes amis me reconnaîtraient à l'école? Est-ce que la coiffeuse vaporiserait un produit qui sent bon dans mes cheveux, comme les autres coiffeuses l'avaient fait pour les dames assises à côté de moi?

Eh bien, je suis une grande personne maintenant, mais je dois admettre que, quelquefois, une visite au salon de beauté me semble encore magique. C'est le seul endroit où on entre échevelée et d'où on ressort impeccable! Si la coiffeuse ne s'appelle PAS Junie B. Jones, bien entendu!